Rêves et Souvenirs

PARIS
LIBRAIRIE A. LEMERRE

Rêves et Souvenirs

Petite Collection rose

ANDRÉ RIVOIRE

Rêves et Souvenirs

PARIS
LIBRAIRIE A. LEMERRE

ANDRÉ RIVOIRE

*André Rivoire est né le 5 mai 1872, à
Vienne, en pays dauphinois. Après quelques années passées à Lyon, il vient à Paris
achever ses études au lycée Henri IV, puis
à la Faculté des Lettres. Les jeunes revues,
l'Art et la Vie entre autres, accueillent ses
premiers vers, où se révèle aussitôt son
originalité charmante et bientôt sa maî-
trise. En 1895, paraissent les Vierges, hymne
pieux et tendre vers ce que le monde offre
de plus frais et de plus exquis, l'âme de
la jeune fille, poème dont Sully Prudhomme
salue le « caractère extatique, chaste et
comme sacré ». Après Berthe aux grands
pieds (1899), André Rivoire atteint, avec le
Songe de l'Amour (1900), la grande et défini-
tive célébrité. Puis viennent, en 1905, le
Chemin de l'Oubli et le Plaisir des Jours, en
1913.*

Entre temps il donne au théâtre des œuvres d'une fantaisie tour à tour poétique ou parisienne : Il était une Bergère (1905), le Bon Roi Dagobert (1908), l'Humble Offrande (1916), le Sourire du Faune (1919) à la Comédie-Française, Mon ami Teddy, en collaboration avec Lucien Besnard, et Pour vivre heureux, avec Yves Mirande, au théâtre de la Renaissance.

Toute l'âme d'un Tibulle et d'un Properce revit dans ce rare et pur écrivain, subtil et grave à la fois. Nul cri dans ces vers, mais toutes les nuances infiniment variées des sentiments, triomphants ou affligés, que fait naître l'amour. Personne dans la poésie contemporaine n'a su comme lui chanter les joies muettes et les douleurs qui se taisent. André Rivoire est le poète par excellence des silences du cœur, le plus sensible et le plus sincère de nos élégiaques.

L'Éventail

Les pâles fleurs d'hiver s'endorment sur leur tige :
Le soir tombe ; et, parmi de lointaines odeurs,
Dans la serre, où l'été s'éternise en tiédeurs,
L'éventail s'ouvre aux doigts, comme une aile, et voltige.

Et la Vierge s'égaie au charme du dessin,
Qui fleurit ses yeux las de rose et de bleu tendre ;
Elle rêve d'amour et sourit, sans entendre
Un jet d'eau qui sanglote au creux noir du bassin.

I

Puis, dans l'ombre, où les fleurs bercent leur frêle amie,
Lentement, doucement, se ferment ses grands yeux : —
Et toujours glisse, en son rythme silencieux,
L'éventail indolent sur la Vierge endormie.

L'Anneau

Les yeux comme alanguis d'une attente incertaine,
Qui s'afflige en son âme aux approches du soir,
Pour mieux rêver son rêve, elle a voulu s'asseoir
Au fond du bois paisible où chante une fontaine.

Et voici que s'évoque, en son cœur plein d'émoi,
Un messager, venu de lointaines contrées,
Qui, dédaignant les autres vierges rencontrées,
L'élirait pour son maître et lui dirait : « Suis-moi. »

Le vent mystérieux la berce d'un cantique ;
Et, dans l'ombre très douce, où son âme est en fleur,
Passe un fil de la Vierge, invisible et frôleur,
Qui s'enroule à son doigt, comme un anneau mystique.

L'Exilée

Elle rêve, là-bas, sous un ciel d'azur pâle,
D'une mer toujours calme au bord des sables d'or, —
Pays de songe, où l'on vivrait comme on s'endort,
Les yeux doucement clos vers l'horizon d'opale.

Loin du monde et de la bise au souffle méchant
Qui glacent jusqu'au cœur son pauvre sang débile,
L'air serait tiède et le paysage immobile ;
Mais des pêcheurs lointains la berceraient d'un chant.

Le soir tombe ; les bruits s'apaisent ; elle écoute :
Mais les couples chantants qui passent sur la route
S'exaltent vers l'amour en hymnes trop humains.

Son rêve a froid sous notre ciel, son corps grelotte. —
Tel, aux souffles du soir, sur le bord des chemins,
Un frêle acacia frileusement tremblote.

Vierge morte

Dans la chambre inquiète où traînent des sanglots,
Dans la chambre de vierge où sa grâce était née,
Elle s'est endormie, en sa quinzième année,
Les mains jointes, les yeux éternellement clos.

L'âme éparse des fleurs, berceuse d'insomnie,
Monte, en un vague adieu, des calices défunts.
Elle a voulu mourir au milieu des parfums,
Dont les chastes douceurs calmaient son agonie.

Un soupir vient des bois qui s'effeuillent ; un glas
Pleure au loin sa douleur pieuse et monotone ;
Et le jour va s'éteindre au pâle ciel d'automne
Qu'a l'horizon le soleil mort teinte en lilas.

C'est l'heure où les appels chantent dans l'ombre amie ;
Et les Vierges, rêvant de tendresse et d'espoir,
Ouvrent leur âme heureuse aux caresses du soir :
En sa quinzième année, elle s'est endormie.

Calme et blanche, dans la blancheur des draps roidis,
Sur le lit sans frissons qu'étoile un pâle cierge,
Elle sourit encore à son rêve de vierge,
Au chuchotement sourd des vains *De profundis*.

La Vierge aux yeux d'or

Des parfums erraient dans le soir plus tendre ;
L'ombre était mystique, et le vent frôleur.
La Vierge aux yeux d'or vers le ciel en fleur
Leva doucement son front las d'attendre.

Et toujours rêvait la Vierge aux yeux d'or :
« Las ! j'ai peur du temps, peur du temps profane.
L'Espéré m'oublie et mon cœur se fane
A l'attendre en vain dans le soir qui dort.

2

« S'il avait passé, passé par mégarde,
Sans prendre en pitie mon cœur aux abois.
Qu'importe la nuit! Qu'importent les bois!
Monseigneur l'Amour me daigne en sa garde! »

Les bois, qui dormaient de leur sommeil noir,
Vibraient sourdement de plaintes funèbres,
Et, pour l'effrayer, massant leurs ténèbres,
Barraient l'horizon d'un mur sans espoir.

Mais les astres bons, clignant leurs paupières,
Semblaient lui sourire et la protéger.
« Va. » lui disaient-ils. Et son pied leger,
Comme au grand soleil, courut sur les pierres.

*
* *

Elle erra longtemps, sans peur du chemin,
Suivant dans la nuit l'appel des fontaines ;
Et, pour la conduire aux sources lointaines,
L'Espoir et l'Amour lui donnaient la main.

Car des ennemis veillaient au passage,
Montrant sans pitié la griffe ou la dent ;
Et tous s'embusquaient, piquant et mordant,
L'ortie à la main, la ronce au visage.

Un torrent grondait au fond du ravin ;
L'ombre était devant, l'ombre était derrière ;
Mais, pour la garder, mieux qu'une prière,
Elle avait au cœur son rêve divin.

Puis, viendrait l'aurore, écartant les voiles,
Éveillant aux bois lumière et chansons,
L'aube au rire frais, l'aube aux blancs frissons,
Qui fait aux cieux d'or pâlir les étoiles.

* * *

Une lueur vague, un trouble dans l'air,
Un frémissement courut sous les branches.
Le matin plus froid bleuit ses mains blanches,
Et le jour prochain sourit au ciel clair.

Et le vent passait, passait comme une aile,
Cueillant son arome aux sentiers fleuris.
« Va! » disait son rêve. Et ses pieds meurtris
Hâtaient sous les bois leur marche éternelle.

*
* *

Puis la plaine, au loin, s'ouvrit brusquement;
Des rougeurs flambaient aux toits des chaumières;
Et le ciel nouveau, baigné de lumières,
Nimbait l'horizon d'éblouissement.

Des gars au pas rude allaient aux prairies,
Un brin d'herbe aux dents et la pioche au cou...
Et leurs grands yeux clairs luisaient tout à coup
D'avoir rencontré ses lèvres fleuries.

Mais, par les sentiers, les cheveux au vent,
La Vierge oubliait fatigue et souffrance;
Et, sans détourner ses yeux d'ignorance,
Sous les vains regards, marchait en rêvant.

Midi ! Tout dormait sous le ciel de flamme.
La Vierge aux yeux d'or allait son chemin...
Un frisson glacé, qui roidit sa main,
Passa brusquement du corps jusqu'a l'âme.

Et, sans force, au pied d'un buisson fleuri,
Pressant des deux mains son cœur solitaire,
La Vierge tomba le front contre terre,
Tomba chastement, sans pousser un cri.

Or, sur le chemin, sans grand équipage,
Las d'avoir couru par monts et par vaux.
L'oreille bercée au pas des chevaux,
Rentraient à la nuit le Prince et son page.

Ils allaient tous deux, beaux comme le jour,
Et, sans les pousser, flattant leurs montures,
Leurs grands yeux hardis rêvaient d'aventures :
Leurs cœurs vaguement languissaient d'amour.

Le Prince disait : « Que le soir est tendre !
Que l'ombre est mystique, et le vent frôleur !
Un frisson d'émoi court au ciel en fleur :
Qui prendra mon cœur, mon cœur las d'attendre ?

« On dit que, le soir, l'Amour vagabond
Tend parfois son arc au bord des venelles. ».
Et comme il songeait, l'extase aux prunelles,
Son cheval trembla, hennit, fit un bond.

« Or ça, cria-t-il, honte à qui recule ! »
Il quitte la selle ; il trouve un corps froid ;
Et, penchant alors ses yeux pleins d'effroi,
Il cherchait a voir dans le crépuscule...

Or, toujours rêvait la Vierge aux yeux d'or.
Ses traits ont gardé leur douceur sereine : —
« Qu'elle est belle, ami! J'en ferai la reine!...
Vois, elle sourit; sans doute elle dort. »

Et, pour l'éveiller, le Prince, en sa fièvre,
L'effleurait parfois de son front brûlant;
Les yeux restaient clos... Le Prince, en tremblant.
S'en vint respirer tout près de sa lèvre.

O prodige! — Alors un frisson courut
Sur la lèvre en fleur qu'il avait baisée;.
La Vierge rougit comme une épousée,
Puis, rouvrant les yeux, sourit, — et mourut.

Les Limbes

Elles vont, balançant des palmes,
Dans les jardins silencieux,
L'extase au cœur, levant aux cieux
Le rêve de leurs grands yeux calmes.

Libres du fardeau de leur corps ;
Leurs pieds nus effleurent la terre ;
Mais leur lèvre aux plis de mystère
Sourit à de lointains accords.

Au creux des murs, ouatés de mousse,
Qui les isolent du chemin,
Tout bruit vivant, tout bruit humain,
Pour Elles, chastement, s'émousse.

Point d'aurore, point de midi,
Un soir tendre, aux lueurs éteintes,
Qui pénètre et confond les teintes,
Verse au cœur son calme attiédi.

Point d'odeur qui berce, ou qui grise :
Son souffle même est si léger,
Qu'on sent à peine voltiger
L'âme indolente de la brise.

Les sons, les parfums, les couleurs,
Tout est discret, tout est mystique :
Le vent est pur comme un cantique,
Et les rayons sont des pâleurs.

Point de nids dans les rameaux souples :
Point d'oiseaux au bord des buissons,
Pour chanter les douces chansons,
Qui font rêver d'aller par couples.

Et sous leurs voiles aux longs plis,
Faits de brumeuses mousselines,
Elles vont, âmes orphelines,
De qui les temps sont accomplis.

* *

Elles n'ont point connu sur terre
Les lèvres douces de l'Amant :
Leurs jours ont passé lentement.
Dans une attente solitaire.

Leur bouche ignora les aveux,
Et leurs émois sont restés vagues ;
Leurs doigts n'ont point porté de bagues ;
Nul n'a dénoué leurs cheveux.

Elles ont passé dans la vie,
Sans savoir qu'on en peut souffrir ;
Car l'heure même de mourir
Fut douce à leur âme ravie.

Toutes, quand elles ont quitté
Le monde des amours charnelles,
Elles gardaient dans leurs prunelles
Le calme et la limpidité.

Mais dans leur foi, cœurs sans reproches,
Vierges d'ivresse et de remord,
Elles croyaient que par la mort
Les cieux promis seraient plus proches.

Et voici qu'éternellement,
Pour être mortes sans baptême,
Sans que nul leur ait dit : « Je t'aime »
Dans un vague chuchotement;

Pour n'avoir pas connu les fièvres,
Les détresses ni les sanglots,
Pour avoir gardé toujours clos
Leur cœur, leur esprit et leurs lèvres;

Surtout, pour n'avoir point offert
Leur part d'amour à d'autres âmes,
Pour n'avoir jamais été femmes,
Et pour n'avoir jamais souffert,

Dans le pâle décor des Limbes,
Toujours seules, elles iront,
Pensives et calmes, le front
Ceint d'auréoles et de nimbes;

Mais jamais, dans l'air effleuré
D'un appel invisible et tendre,
Elles ne doivent plus entendre
La voix proche de l'Espéré.

La Bien-Aimée

Sache lentement la choisir,
D'une âme vite refermée,
La compagne de ton désir
Dont tu feras ta bien-aimée.

Va longtemps, comme un promeneur,
Dans la foule vaine et charmante,
Avant de fier ton bonheur
Au cœur fragile d'une amante ;

Prends garde aux promesses des yeux,
A la caresse du sourire,
Au mensonge délicieux
Des visages où tu crois lire ;

Songe comme tout est léger
Et comme, aussitôt que l'on aime,
Il faut souvent s'interroger,
Avant d'être sûr de soi-même.

Tant d'espoirs ne laissent au cœur
Qu'un peu de cendre inanimée !...
Sois sans révolte et sans rancœur,
Attends l'unique bien-aimée.

Aux mauvais soirs, aux mornes jours,
Garde-lui ton rêve fidèle,
Et dis-toi qu'elle vient toujours
Quand notre amour est digne d'elle.

Même déçu, même vieilli,
Ne désespère pas encore :
Ton cœur peut-être a tressailli
D'une tendresse qu'il ignore.

Celle qu'on aime est là, parfois,
Sans que l'âme s'émeuve toute :
C'est elle, son regard, sa voix ;
Ni l'un ni l'autre ne s'en doute...

On vit près d'elle, on ne sait rien,
Sinon que la vie est moins sombre,
Et c'est un bonheur ancien
Qu'un soir on découvre dans l'ombre.

Sourire du Matin

Je veux qu'elle soit gaie et claire,
La chambre où tu t'éveilleras !
Tu lui souriras de te plaire,
La tête appuyée à ton bras.

Je veux que le jour y pénètre
Plus lumineux et plus léger,
Par les rideaux de ta fenêtre
Blancs et roses comme un verger.

Tes yeux rentr'ouverts sur la vie
S'empliront de fraîches couleurs ;
Tu seras troublée et ravie,
Comme une enfant parmi des fleurs :

Tu ne sauras pas tout de suite
Si, vers l'aube, endormie encor,
Ton rêve ne t'a pas conduite
Dans un brusque et changeant décor.

Mais vite, une à une, les choses
Revivront de t'appartenir
Et, sous tes paupières décloses,
Feront briller le souvenir.

Tu leur souriras de te plaire,
La tête appuyée à ton bras...
Je veux qu'elle soit gaie et claire,
La chambre où tu t'eveilleras.

La Chaîne heureuse

Mon bonheur, comme, chaque jour,
Je retrouve d'un cœur paisible
Ta douce présence invisible,
Mon cher bonheur, mon cher amour !

Tu reviens dès que je m'éveille,
Et je te sens presque en dormant
Unir delicieusement
Le lendemain avec la veille.

Non content de me rajeunir,
A quelque heure que je le veuille,
Ton sourire épars qui m'accueille
M'éclaire, au loin, tout l'avenir :

C'est toi qui sembles faire éclore,
Dans les grands vases de cristal,
Fraîches comme au jardin natal,
Ces fleurs de printemps et d'aurore ;

Tu vas, tu viens, silencieux,
La caresse de tes doigts roses
Laisse, un moment, où tu les poses
Le pouvoir d'enchanter mes yeux ;

Tu m'encourages quand je penche
Mon front rêveur et fatigué,
Et c'est par toi qu'un rayon gai
Vient luire sur la page blanche.

Tu m'as pris mon cœur, tout mon cœur,
Sans nul besoin que tu te pares
D'attraits subtils, de plaisirs rares,
Mon cher amour, mon cher bonheur !...

Et c'est pourquoi je voulais dire
Comme je t'adore humblement...
Mais on t'effraie en te nommant,
Et je ne veux que te sourire.

Sagesse

Le printemps peut fleurir, au loin,
Les blancs vergers de la colline...
Sur ma table, je n'ai besoin
Que d'une branche qui s'incline.

Le matin bleu peut baigner l'air...
Pour que tout l'azur m'en pénètre,
Il suffit du pan de ciel clair
Qui se découpe à ma fenêtre.

Un oiseau chante à plein gosier
Sur un marronnier qui verdoie...
C'est assez pour m'extasier
De parfums, d'azur et de joie.

Je pense à tes yeux, par instants,
Et je me souris à moi-même...
J'ai dans mon cœur tout le printemps,
Et tout l'amour, puisque je t'aime.

Vieux Portrait

J'ai dans ma chambre un vieux portrait
D'une aïeule qui te ressemble ;
Nous l'avons découvert ensemble,
L'œil amusé, le cœur distrait.

Elle a trente ans, un fin visage
Au regard tendre et velouté,
Que des boucles, selon l'usage,
Encadrent de chaque côté ;

5

Un fichu de Flandre volette,
Rattaché par un camaïeu,
Sur la gorge que décollète
Un corsage de satin bleu.

Elle sourit, d'un clair sourire
Qui me rappelle un peu le tien :
Sa bouche semble prête à dire
De ces mots que je connais bien.

Au temps où ce portrait m'emporte,
Son cœur jeune a-t-il tressailli ?
Que fut sa vie, à cette morte ?...
Je sais qu'elle n'a pas vieilli.

A-t-elle aimé, comme l'on aime
Quand le cœur éperdu pressent
L'approche du moment suprême
Qui laisse une chambre d'absent ?

Mais non, dans ses regards, nul voile...
Le sourire est si pur encor
Aux craquelures de la toile,
Au fond du cadre de vieil or !

Sa fin ne l'a point avertie :
Elle aimait vivre, et puis, un jour,
Un soir, peut-être, elle est partie,
Aux premiers ans d'un grand amour...

Quand nous la regardons ensemble,
Notre cœur est plein d'un regret,
Et, parce qu'elle te ressemble,
J'ai mis des fleurs sous son portrait.

La Retraite

Un jour, nous serons las de tout, sauf de nous-mêmes,
Et nous nous en irons loin, très loin, si tu m'aimes,
Dans quelque pays vert, calme et sans promeneurs,
Laisser fleurir en nous de très simples bonheurs.
Nous serons délivrés des sourires serviles,
Nous laisserons tomber ce visage des villes
Qui pesa sur nos vrais visages, si longtemps!...
Entre nos quatre murs où les rosiers montants,
L'été, feront éclore une odorante fresque,
Du matin jusqu'au soir nous vivrons seuls, ou presque.

Nous baignerons nos yeux dans les feuillages verts.
Quelquefois, dans mon cœur, je te lirai des vers,
Et toi, tu souriras de la naïve offrande...
Nous serons gais et purs pour que l'amour nous rende,
Dans cette solitude et dans cette clarté,
L'âme des tout petits que nous avons été.

Quand nous serons vieux

Ce n'est qu'une ferme
D'où monte une tour,
Avec, alentour,
Un bois qui l'enferme.

Quelques pieds d'œillet,
Des roses trémières,
Les fleurs coutumières,
D'avril à juillet.

Une mère poule
Glousse à ses petits
Sous l'aile blottis...
Un pigeon roucoule.

Les rainettes d'or,
Au bord de la mare,
Font leur tintamarre
Devant l'eau qui dort.

Voici la tonnelle
Au fond du jardin,
Et l'odeur, soudain,
De la pimprenelle.

Nous sommes assis
Au seuil de la porte...
Le vent nous apporte
Des mots indécis.

Le bleu de l'espace
Éblouit nos yeux...
Et nous sommes vieux,
Et le long jour passe.

Elle est allée...

Jusqu'à ce soir, elle est allée
Voir nos fleurs et notre maison,
L'ombre des tilleuls sur l'allée
Et le soleil sur le gazon.

Elle est partie, et je demeure,
Seul à ma table, — d'un air las,
Cueillant des vers à la même heure
Qu'elle nous cueille des lilas...

Des vers!... Je rêvais d'un poème,
Où je ferais mourir d'amour
Quelque princesse de Bohême,
Belle et pure comme le jour.

Je la voyais, les mains fleuries
De rubis et de diamants,
Dans sa robe de pierreries
Trop lourde pour ses seins charmants.

Elle serait l'involontaire
Amante d'un prince irréel,
Vainement cherché sur la terre
Et qu'elle irait rejoindre au ciel...

D'avance, je mettais en elle,
Poète, un grand espoir vainqueur,
Et je la sentais éternelle
Pour avoir passé par mon cœur.

Mais, peu à peu, mon front se penche...
A quoi bon?... Je vois seulement
Des mots noirs sur la page blanche...
Je sais trop que la gloire ment.

Je me souviens... Le charme cesse...
Par un détour délicieux,
Les yeux tendres de la princesse
M'ont fait penser à d'autres yeux.

Elle doit être si jolie,
Là-bas, au milieu du verger,
Où le vent du matin délie
Sa chevelure d'or léger!

Elle compte les fleurs sans nombre
Et, d'avance, rit aux fruits mûrs...
Qu'est-ce que je fais là dans l'ombre,
Tout seul, entre ces quatre murs?

Avril

J'ai, depuis ce matin, vécu parmi la joie
Des feuillages nouveaux que la brise déploie,
Et tout le bleu du ciel est entré dans mon cœur...
Avril, beau mois doré de force et de langueur,
Mes yeux se sont ouverts sur la blanche merveille
D'un verger qui fleurit dans le jour qui s'éveille,
Et j'ai compris ton charme, Avril, et maintenant
Quelque chose en moi reste à jamais frissonnant,
De ce frisson joyeux des feuilles à l'aurore.
J'ai des chansons d'oiseaux dans ma tête sonore,

Je respire, et voici que je porte soudain
Plus de parfums en moi que les fleurs du jardin :
Je chancelle, étourdi d'extase et de bien-être.

Hélas! que de printemps je n'aurai pas vus naître!
J'ignorais ta douceur impérieuse, Avril,
Et ce brusque besoin de bonheur pueril
Que tu nous mets au cœur et dont tu nous enivres!...
Tout enfant, j'ai connu le printemps par les livres.
Sous les arbres poudreux et maigres de la cour,
Je rêvais des grands bois, comme on rêve d'amour :
Les femmes et les fleurs m'étaient aussi lointaines.
Je relisais les vers où chantent des fontaines
Éternelles, et ceux où l'antique berger
Regarde au pied des monts les ombres s'allonger...
Que de fois, murmurant, comme des litanies,
Ces vers où je sentais de vagues harmonies,
Je me suis aperçu que je pleurais d'émoi!...
Et la douceur des mots s'est révélée en moi.
Mon cœur, privé de tout, a pris cette habitude
De consoler avec des mots sa solitude.
Les mots ont devancé mes yeux : ils m'ont fait voir

Les filles aux bras nus qui rentrent du lavoir.
D'avance, ils ont peuplé de bonheurs mes paresses :
J'aurai connu par eux le meilleur des caresses.
Les mots !... J'en ai bercé mes jours avec ferveur :
De l'écolier captif ils ont fait un rêveur ;
Ils auront enchanté c tte âme inassouvie
Où les jeux vains du songe ont remplacé la vie...

Et voilà qu'aujourd'hui le printemps m'apparait,
Le vrai printemps, celui des champs, de la forêt :
Les vieux arbres sont fiers de leur jeune couronne,
Et la vivante odeur des feuilles m'environne,
Plus suave peut-être en cette fin du jour...
Le rêve est devenu la vie ; et, tour à tour,
Longuement, je regarde au loin, puis en moi-même,
Puis au loin, puis encore en moi... Comme je t'aime !

Après l'Orage

Il a plu cette nuit... L'herbe et les fleurs mouillées
    Exhalent un plus doux parfum ;
Mais le jardin jonché de roses effeuillées
    A quelque chose de défunt.

C'est en vain qu'aujourd'hui le ciel entre les branches
    Est frissonnant et radieux ;
Le jeune été prendra d'éclatantes revanches...
    Pourtant mon cœur est plein d'adieux.

Je sais que le soleil, pétale pour pétale,
        Rendra tout a l'heure aux massifs
Ce qu'a brise le vent, comme une main brutale...
        Pourtant mes regards sont pensifs.

Je ne me souviens pas, sans qu'un regret m'émeuve,
        Des fleurs où mes yeux se sont plus :
Sur la branche où déjà s'ouvre une rose neuve
        Je vois celles qui ne sont plus.

Et, par ce matin clair, brusquement je m'étonne,
        Devant le jardin nouveau-né,
De me sentir le cœur qu'on a, les soirs d'automne,
        Dans un vieux parc abandonné !

De la Fenêtre

J'ai poussé ma table tout près
     De la croisée...
Le jardin brille de rosée,
     Le vent est frais.

Une branche grimpe et s'étire
     Le long du mur ;
Juste à sa pointe, un bouton mûr
     Semble un sourire.

7

Je le regarde longuement,
    Puis je me penche...
Ma plume sur la page blanche
    Traîne un moment.

A quoi bon ?... Quel mot pourrait être
    Assez léger ?...
Un rayon d'or vient voltiger
    Sur la fenêtre.

Ta robe apparaît, disparaît,
    Dans le feuillage
Et laisse en moi comme un sillage
    De clair regret...

Je regarde à travers les branches
    Luire un peu d'eau...
Tu reviens avec un fardeau
    De roses blanches.

Le Ciel était si bleu...

Le ciel était si bleu, par ce matin léger,
Si doré le soleil sur les murs du verger!...
La rivière faisait son bruit frais d'eau qui passe...
Nous avons eu besoin de grand air et d'espace
Et nous sommes partis tous deux, sans y songer.

Par le petit sentier qui contourne les chênes,
Nous avons vite atteint les collines prochaines...
Tu marches, devant moi, dans l'herbe sans chemin,
Et tes bracelets d'or, aux gestes de ta main,
Font parfois, dans mon cœur joyeux, tinter mes chaînes.

Tout semble heureux d'éclore aux premières chaleurs...
La brise errante ajoute une moire aux couleurs...
Tu vas, tu viens, tu cours... Chaque pas te révèle
A l'horizon qui change une grâce nouvelle,
Et tu jettes vers moi des mots, comme des fleurs.

Je suis en souriant ton beau rire sonore...
Ton rire!... Par instants, je sens que je t'ignore,
Tant je découvre en toi de bonheur puéril,
Dans l'étincellement de ce matin d'Avril
Où ta jeunesse a l'air d'être plus jeune encore.

Quelquefois, tu t'enfuis au loin, mais ta gaîté
Vient au premier appel bondir à mon côté,
Et, quand je gronde un peu, telle une enfant qui joue,
Victorieusement, tu m'apportes ta joue
Qui rafraîchit mes doigts comme un ruisseau d'été.

Tout de même, à la fin, la fatigue te gagne...
Je te sens moins ardente a courir la campagne.
Pour mieux voir, pas à pas, le paysage lent,
Tu prends sur mon épaule un appui nonchalant...
L'insoucieuse enfant redevient la compagne.

Pensive, maintenant, je te retrouve, toi!...
Je retrouve tes yeux à nous, tes yeux a moi!...
Ils semblent regarder à l'horizon paisible,
Mais je sais bien ce qu'ils y cherchent d'invisible,
Et, s'ils sont tout à coup tristes, je sais pourquoi...

Viens, rentrons, ne dis rien... Ne crois pas que j'oublie...
Le même souvenir, le même espoir nous lie
De sentir tous les deux, dans l'herbe, autour de nous,
Une petite main grimper à nos genoux...
Je sais... Je te revois, chère tête pâlie!...

Le Petit Train

Au long du talus verdissant,
Le vieux petit train, hors d'haleine,
Va, vient, toujours monte ou descend,
Entre la colline et la plaine.

Sitôt qu'il arrive, il repart
En soufflant très haut sa fumée,
Toujours un peu plus en retard...
Il n'a pas d'heure accoutumée.

Il va, comme les promeneurs :
Il flâne, il paresse avec joie,
Pour mieux vous faire les honneurs
D'un verger qui borde la voie.

Les jardins laissent retomber
Sur lui leurs roses entr'ouvertes
Qu'on s'égratigne à derober
A la pointe des branches vertes.

Tranquille, aux rameaux des buissons
Où son nid printanier s'accroche,
L'oiseau redouble ses chansons
Au lieu de fuir quand il approche.

Rien ne daigne plus s'effrayer,
Le feuillage à peine frissonne :
Car c'est un passant familier
Qui ne dérange plus personne...

Grinçant, soufflant, s'époumonant,
Sous le tunnel en fleur des branches.
Le train siffle au dernier tournant...
Je reconnais deux robes blanches.

Clair de Lune

L'ombre est, ce soir, d'un bleu si clair, si transparent !
Viens, regarde : à nos pieds le jardin odorant
Qui nous met doucement sa fraîcheur au visage
Semble au loin s'agrandir de tout le paysage.
Cachant son disque d'or derrière la maison
Qui se découpe en noir aux pentes du gazon,
La pleine lune monte, invisible veilleuse...
Quelle histoire d'amour naïve et merveilleuse,
Quel désir assez pur pour s'ignorer encor
Serait digne, ce soir, de ce pâle décor

Où les choses du jour ont l'air d'être éternelles?
Quelles âmes vaudraient de refléter en elles,
Comme dans l'eau profonde et calme d'un étang,
Les bleus rayons du clair de lune qui s'étend?
Pas un souffle : rien qui frissonne ou qui s'effeuille ;
L'immobile parfum des roses se recueille
Et les rameaux obscurs sont lourds d'oiseaux posés...
Tout dort, même, en nos cœurs, le désir des baisers.

Renaissance

Sous le grand châtaignier je suis venu m'asseoir.
Les autres vont courir les bois jusqu'à ce soir :
Je suis seul au jardin désert où l'été vibre...
J'avais un tel besoin d'être seul, d'être libre,
De garder tout mon cœur en moi silencieux,
Et d'avoir ce décor paisible sous les yeux,
Car j'y sens plus qu'ailleurs ma force revenue.
Tout m'en est familier; chaque fleur m'est connue :
J'aime cette odeur saine où domine l'œillet.
Je goûte pleinement ce beau jour de juillet,
Un de ces jours dorés où la chaleur enivre.
Au hasard, un instant, j'avais ouvert un livre...

A quoi bon ?... J'ai le cœur gonflé par trop d'émois :
Je laisse se fermer le livre entre mes doigts,
Et, tout à coup distrait des pages commencées,
Je regarde à mes pieds les ombres balancées,
En mordant un brin d'herbe en fleur que j'ai cueilli...
Il est loin, le rêveur précocement vieilli,
Le chercheur de désirs tourmenté d'impossible,
Sitôt sûr d'être aimé brusquement insensible,
Qui, chaque jour plus las, se penchant sur son cœur,
Sans cesse y regardait se faner du bonheur...
Pour m'emplir tout entier de frémissante joie.
Il suffit maintenant d'un rosier qui rougeoie,
D'un peu d'azur qui luit dans les rameaux tremblants...
Au ciel passe et repasse un vol de pigeons blancs ;
Et, tandis que le vent me caresse la joue,
Je crois voir ma pensée, autour de moi, qui joue
Dans l'herbe et le soleil, comme un bel enfant nu,
Un bel enfant qu'éclaire un visage ingénu,
Qui va, vient, court, s'arrête et regarde et s'étonne,
Et qui rit à l'été sans penser à l'automne.

Prière du Soir

Il fait un soir tendre
Et triste à la fois,
Où l'on croit entendre
De lointaines voix...
Lève tes grands yeux, joins tes jolis doigts !
Il fait un soir tendre et triste à la fois...

Dans le clair espace,
— Lève tes grands yeux ! —
Un oiseau qui passe
Fuit vers d'autres cieux...
Lève tes grands yeux !...

Pour quelque âme éteinte,
— Joins tes jolis doigts ! —
Une cloche tinte
Par-dessus les bois...
Joins tes jolis doigts !...

Il fait un soir tendre et triste à la fois...
Lève tes grands yeux, joins tes jolis doigts !

Ne cherche pas

Dans notre grand bonheur si tendre, si paisible,
Je devine parfois que tes yeux sur les miens
Cherchent à découvrir la présence invisible
D'une image ou d'un nom dont je me ressouviens.

Quand je quitte, un moment, la page commencée
Pour relever mon front d'un geste inattendu,
Ton visage surpris montre à plein ta pensée,
Et j'y vois le regard que tu croyais perdu.

Ce n'est qu'une minute, oh! ton amour s'applique
A derober toujours ce qu'il a d'anxieux;
Mais ton sourire alors est plus mélancolique,
Les ombres de ton cœur montent jusqu'a tes yeux.

Ne cherche pas... Si même il persiste en mon âme
Un reste de passé qui s'attarde à mourir,
Si quelque vieux regret malgré moi me réclame,
Ces chagrins d'autrefois ne me font plus souffrir :

Les hôtes inquiets de mes jeunes années,
La tristesse, l'angoisse et le doute et l'ennui
Et la fatigue ardente au déclin des journées
Ont quitte pour jamais l'homme heureux d'aujourd'hui.

Celui qui te sourit, calme et sûr de soi-même,
N'est plus l'enfant lassé que d'autres ont connu :
Il sait qu'il peut vouloir; il croit à ce qu'il aime,
Depuis qu'en ton amour il s'est appartenu.

Automne

Il fait un jour doré, la feuille est verte encore ;
Au verger, des fruits lourds achèvent de mûrir ;
De rouges dahlias le jardin se décore,
Et, si les roses sont plus lentes à fleurir,
Aux grands marronniers ronds la feuille est verte encore.

L'été semblait vouloir, sur les coteaux frileux,
Prolonger doucement ses dernières journées,
Et nous nous promettions des soirs roses et bleus,
De ces beaux soirs d'octobre aux nuances fanées
Qui semblent s'effeuiller sur les coteaux frileux.

9

A peine si, parfois, quelque brume légère,
Aux approches du soir traînant sur le gazon,
Nous faisait aimer mieux, comme une passagère,
La suprême beauté de l'arrière-saison...
Ce n'était, un instant, qu'une brume légère.

Mais, brusquement, alors que l'on n'y pensait pas,
Il est venu, c'est lui, l'impitoyable automne,
Celui qui, d'ordinaire, approche pas à pas
Et s'annonce, de loin, dans le vent qui chantonne...
Il est venu, celui que l'on n'attendait pas :

Le jour clair s'est empli de soudaines rafales,
Les arbres affolés dressent leurs bras tordus...
Sur les chemins, jonchés de branches triomphales
Qui lui font des tapis sous ses pieds étendus,
Il accourt, précédé du clairon des rafales!...

Le paysage a l'air de fuir sur l'horizon ;
Les oiseaux emportés semblent n'avoir plus d'ailes ;
On l'attendait si peu qu'au toit de la maison
Sa venue a surpris même les hirondelles,
Qui ne le croyaient pas si proche à l'horizon.

C'est fini, cette année... Il a suffi d'une heure
Pour qu'en sa pleine force et qu'en pleine clarté,
Au jardin défleuri, tout s'éparpille et meure
De ce qui fut hier les grâces de l'été...
C'est fini des beaux jours... il a suffi d'une heure...

Serrons-nous bien l'un contre l'autre, dès ce soir,
Et réfugions-nous près de la cheminée...
La nuit va tomber vite ; il fera noir, si noir,
A partir de demain, que, toute la journée,
Nous attendrons la lampe et le feu clair du soir.

Quiétude

Notre bonheur est fait de choses dédaignées :
Le coin du feu, la lampe intime sur nos fronts...
Nous avons endormi le mal dont nous souffrons
Dans la langueur de nos tristesses résignées.

Nous vivons doucement des jours silencieux
Et nous sommes heureux de leur monotonie ;
Tous nos rêves sont morts d'une lente agonie,
Sans émouvoir la transparence de tes yeux.

Par peur d'effaroucher ma tendresse un peu rude,
Dans le bien-être et le silence familier,
Tes bras mystérieux ne sont pas un collier,
Et notre vie a deux reste une solitude.

Les soirs graves où j'ai besoin de t'ignorer,
Ta présence discrète humblement s'indécise ;
Mais tu sais deviner la minute précise
Où mes yeux en détresse allaient te désirer.

Mon âme est sans regret comme elle est sans envie,
Et mon orgueil s'incline au joug inaperçu :
Si tu m'as enchaîné, tu ne m'as pas déçu
En me faisant passer du rêve dans la vie.

Avec tes doigts de sœur, fins et minutieux,
Ta tendresse paisible est ma seule gardienne ;
Et je t'aime pour la douceur quotidienne
De ton baiser, de ton sourire et de tes yeux.

Auprès de toi

Je t'aime d'être douce et triste, et d'avoir mis
        Dans notre intimité discrète
L'illusion du rêve et du bonheur permis,
D'avoir été la sœur qu'a vingt ans on regrette.

Je t'aime d'être bonne et simple en tes bienfaits,
        Et de mêler aux moindres choses,
A tout ce que je pense, à tout ce que je fais,
Un parfum de jeunesse et d'invisibles roses.

La nuit d'inquiétude où s'égaraient mes pas
    Autour de la maison perdue
Était pleine de gens qui ne répondaient pas :
Les mains que j'espérais fuyaient ma main tendue.

Et je cherchais ma route aux sentiers des forêts,
    La grande route de mon âme :
Je me suis ignoré tant que je t'ignorais,
O toi qui fus l'étoile avant d'être la flamme !

Je ne m'écarte plus du foyer qui m'a lui,
    De la tendresse qui m'effleure ;
Je suis comme l'enfant qui cherche autour de lui
Sur le bord du chemin l'ombre de la demeure.

Va, la chanson des fous qui monte du pavé,
    Mon regret ne l'a point suivie !
Et c'est pourquoi je t'aime, ô toi qui m'as sauvé
D'éparpiller mon rêve et de perdre ma vie.

Une Fleur

Cette fleur que ses mains, que sa lèvre a touchée
Et qu'elle a faite sienne entre toutes les fleurs,
Aujourd'hui sans parfum, sans forme et sans couleurs,
En un livre d'amour repose desséchée.

Elle-même l'ignore; elle n'a jamais su,
En l'oubliant, distraite, après l'avoir cueillie,
Que je conserverais la chère fleur vieillie,
Et c'est un souvenir que je n'ai point reçu.

Je me suis caché d'elle, et j'ai craint le mystère
Entre nous d'un reproche ou même d'un pardon ;
En laissant près de moi la fleur à l'abandon,
Peut-être sa pitié fut-elle involontaire.

Je ne sais rien de plus, mais je songe parfois
Qu'aux soirs de solitude, en ses rêves de femme,
Un peu de moi, peut-être, a fleuri dans son âme
Comme cette fleur vaine a passé dans ses doigts.

Sympathie

Vos yeux étaient si purs et si mélancoliques.
En ce morne déclin d'un jour désenchanté,
Que j'emporte a jamais, comme d'humbles reliques,
Un peu de leur tristesse et de leur pureté.

J'ai senti s'incliner nos âmes fraternelles
Au poids du même rêve et du même souci :
Une ombre intérieure emplissait vos prunelles :
Mais tout votre visage était comme adouci.

Un air de bonté grave et de mansuétude
Faisait plus triste encor le charme de vos traits ;
Toute réfugiée en votre solitude,
Vous parliez de vous-même avec des mots distraits.

Vous ne m'avez pas dit quelle invisible atteinte,
Quel deuil obscur et vain, quel retour du passé,
Quel pleur jamais pleuré, quelle ardeur mal éteinte
Prolongeait sa détresse en votre cœur blessé.

Vous ne m'avez pas dit votre misère intime :
Et pourtant, ce jour-là, malgré vous, j'ai compris
De quel orgueil muet vous étiez la victime,
De quels bonheurs épars vous comptiez les débris.

Toute votre âme en pleurs a passé dans la mienne.
N'ayez point de regret jaloux, ne craignez pas
Que je vous le rappelle, ou que je m'en souvienne
Pour vous interroger encor, même tout bas.

Je ne veux rien savoir des secrètes blessures
Ni du rêve ancien qui les rouvre parfois ;
Mais j'aurai désormais des tendresses plus sûres,
Plus de mystère aux yeux, plus d'ombre dans la voix.

Meurtris d'un mal pareil, même espoir nous rassemble
Indulgents l'un à l'autre et presque résignés.
Quand vous me consolez d'un mot grave, et qui tremble,
C'est vous un peu qu'en moi, chaque soir, vous plaignez.

La Vie perdue

Heureux qui sans révolte accepte bien sa vie
Et vieillit doucement dans la vieille maison,
Libre de tout espoir, libre de toute envie,
N'ayant jamais changé de cœur ni d'horizon !

A force de les voir et de les reconnaître,
Pour leur seule présence il aime à son insu
Les choses et les gens qu'il voit de sa fenêtre ;
Il possède son rêve et n'en est pas déçu.

Quelquefois il accueille et d'avance il pardonne :
Il n'admet point en lui de vœu trop exigeant ;
Mais le peu de douceur que chaque jour lui donne
Suffit à le bercer de bien-être indulgent.

Il se plait en lui-même au déclin des journées :
Et, tandis que le soir emplit le calme ciel,
Pour sauver le parfum des minutes fanées,
Son âme diligente en fait un peu de miel.

Jamais hors de son cœur nul sanglot ne s'ébruite :
Et, dans un brusque adieu de tout ce qu'il rêvait,
Il n'a jamais pleuré sur sa raison détruite ;
La douce quiétude habite à son chevet.

Il est heureux sans trouble et presque sans mystère,
Humble et rêveusement jaloux de ce qu'il a...
Oh ! comme j'étais fait pour vivre sur la terre
L'inconscient bonheur d'être né celui-là !

Son corps ne survit pas à son âme épuisée :
Tous deux, comme ils sont nés, s'apaisent à la fois ;
Son cœur reste fidèle où sa main s'est posée,
Sa vie, au long des jours, lui coule entre les doigts.

Vieil Air

La chambre est déserte : le feu
Va s'éteindre presque sans flamme,
Lentement, comme un cœur de femme
Brûlé d'un inutile aveu.

Je suis triste en moi ; je frissonne.
Celle qui ne doit plus venir
M'a dépeuple tout l'avenir.
Mon amour n'aime plus personne.

Sous ma fenêtre, seulement,
De sa musique endolorie
Un pauvre orgue de Barbarie
Vient bercer mon délaissement.

Il joue un air, toujours le même,
Un air d'autrefois, de très loin,
Dont les mots disaient le besoin
Obscur d'être aimé quand on aime.

Il l'a chantonné tant de fois,
Cet air-là, sous tant de croisées,
Qu'au long des cadences brisées
Des notes manquent par endroits.

Et toute la mélancolie
Vaine d'un amour ancien,
D'un espoir las, comme le mien,
Qui ne croit plus mais qui supplie,

Avec l'orgue sanglote au vent;
Et j'évoque au seuil de la porte
Le vieil aveugle qui le porte
Sous l'abri glacé de l'auvent.

Bonheur fragile

Demeure, berce encor mon front sur tes genoux.
Tu vois, je souris presque, et ma douleur s'est tue,
Et mon silence est plein de toi. Je m'habitue
A t'aimer doucement d'avoir les yeux si doux.

Fais que je sois heureux de notre amour, sans même
Que je m'en aperçoive et que j'en dise rien.
Mon cœur est mal guéri : nous n'avons que le tien :
C'est par lui que nous nous aimons et que je t'aime.

Sois indulgente. Il faut ne jamais oublier,
Quand on a trop souffert, comme tout s'exagère.
Et qu'il n'est plus en nous de tristesse légère.
Et comme le chagrin nous reste familier.

Laisse, que mon espoir, lentement, se rassure,
Que mon âme inquiète ose encor s'entr'ouvrir.
Je t'aime de m'aimer. Je ne veux plus souffrir.
Hélas! je n'aurais plus l'orgueil d'une blessure.

Fais-moi le prisonnier d'un crédule bonheur,
Qui, de ton rêve au mien, chaque jour s'insinue,
Et qui, d'une langueur discrète et continue,
Aujourd'hui plus qu'hier entre un peu dans mon cœur.

L'Offrande

Je lui dirai : Voici mon cœur et mes pensées,
Je vous aime et j'attends ; je ne puis rien de plus
Qu'achever, après vous, les phrases commencées,
Et prononcer les mots que vous aurez voulus.

Qu'importe mon amour et tout ce qu'il réclame !
Je ne puis que rester grave et silencieux,
Et, d'un bonheur jaloux, cacher au fond de l'âme
Un peu de la douceur qui passe dans vos yeux.

Libre des vœux anciens, je regarde en arrière
Tout ce qui n'est pas vous s'effacer et vieillir.
Mais je n'ai pas le droit même d'une prière,
Tant que votre visage hésite à l'accueillir.

Je me reprocherais des paroles hâtives :
Votre sourire heureux vous garde et vous défend,
Et j'ai peur d'alarmer vos tendresses craintives
Où les rêves de femme ont des candeurs d'enfant.

Toute une ferveur humble à mon cœur se révèle,
Un grand besoin d'aimer, de croire et d'obéir,
De trouver chaque jour une offrande nouvelle
Qui me rapprocherait de vous, sans me trahir.

Je veux qu'à votre insu mon regard vous caresse,
Qu'autour de vous, sur vous, il se pose léger,
Donnant toute sa joie et voilant sa détresse,
Épris d'être docile et non d'interroger.

C'est en moi seulement que j'ose être plus tendre :
Et le soir, loin de vous, je vous parle parfois,
Dans l'ombre, avec des mots si vrais qu'à les entendre
Vous aimeriez l'amour qui tremble dans ma voix.

La chambre où j'ai souffert et que j'ai délaissée,
Se peuple maintenant de bonheurs méconnus,
Et partout en mon cœur, partout en ma pensée,
La jeunesse et l'espoir sont déja revenus.

Tout reprend à mes yeux sa nouveauté première.
Je me sens adorer d'un désir simple et doux
La lampe intime et la tiédeur de sa lumière
Et le silence, autour de moi qui pense à vous.

Je ne demande rien : je pense à vous ; j'ignore
Si mon appel obscur saurait vous émouvoir ;
Je sais que je vous aime, et sans y croire encore
Je prépare les jours où je pourrais vouloir.

Comme je veillerais sur vos craintes, et comme
Je vous ferais, d'avance, un tranquille chemin !
Rassurez-vous, je me sens fort, quand je vous nomme.
Je ne laisserais pas s'effrayer votre main.

Je vous épargnerais les tristesses des autres ;
J'écarterais de vous tout ce qui peut meurtrir :
Et mes rêves, ayant la pureté des vôtres,
Nous les regarderions pensivement fleurir.

Quand nous aurions vécu de la même journée,
Le soir, tous les bruits vains s'eloigneraient de nous :
Et je vous parlerais de ma joie étonnée...
Et des livres parfois seraient sur vos genoux.

Et je ne saurais plus, dans ce calme bien-être
Où le bonheur est comme un hôte inaperçu,
Que j'avais pu souffrir avant de vous connaître,
Qu'avant de vous aimer je me croyais déçu.

Matin

Il entre du ciel bleu par la fenêtre ouverte.
Je travaille. Une odeur d'herbe mouillée et verte
Monte des prés nouveaux que l'aube a refleuris.
C'est le matin. Ta robe est claire. Tu souris,
Quand je lève les yeux, d'un sourire en silence.
Tu renverses la tête un peu. Ta main balance
Ton ombrelle posée au bord de tes genoux.
L'heure doucement passe en nous, autour de nous.
Je suis heureux de quiétude et de bien-être.
Ma pensée et mon cœur s'étonnent de renaître,
Et je regarde en moi, comme en un champ de fleurs,
Papillonner des mots de toutes les couleurs.

12

Ennui

Encore un jour perdu qui décline et s'achève,
Un jour d'attente vaine et d'oisive langueur,
Un de ces mornes jours sans desir et sans rêve
Où l'on vit lentement, seul, blotti dans son cœur.

Je n'aurai pas quitté la chambre inerte et sombre
Que le soleil lointain n'éclaire qu'a demi.
Et le jour a passé, le soir est proche... L'ombre
Me retrouve immobile, encor tout endormi.

Je suis triste ; je n'ai rien fait de ma pensée :
Pourtant j'ai l'âme vide et le front douloureux.
Je sens trop qu'en mon cœur ma tendresse est lassée,
Et pourtant je n'ai rien que n'être pas heureux.

Dernier Départ

Ne me console pas. Je fermerai les yeux ;
Tu t'en iras, d'un lent départ silencieux :
Je t'imaginerai dans l'ombre encore assise,
Et je ne saurai pas la minute précise.
Nous nous serons quittés ainsi que chaque jour,
Hélas ! et tant d'adieux ont tué notre amour...
Et puis tu seras loin, pour toujours disparue,
Grave et songeant peut-être, au détour de la rue,
Combien notre passé fut joyeux d'avenir !
Tu sentiras comme une main te retenir

Et tu croiras, plaintive, entendre une prière
Qui te fera parfois regarder en arrière.
Ne crains rien : mon amour, né triste et malchanceux
Toujours croyant, toujours dupé, n'est pas de ceux
Que l'on traîne après soi, comme une ombre obstinée.
Je ne me plaindrai pas... Reprends ta destinée.

Reliques

Elle ne viendra plus... Son image attardée,
Encore un peu de temps, survit à nos amours ;
   Mes yeux, qui l'ont tant regardée,
   Autour de moi la voient toujours.

Des fleurs qu'elle apporta sont à peine flétries ;
A cette même place, elle-même posa,
   D'un geste de ses mains fleuries,
   Cette branche de mimosa.

Elle ne viendra plus... Tout me parle encor d'elle.
Comme après le départ d'un hôte familier;
　　La chambre est pour longtemps fidèle
　　Et sera lente à l'oublier.

Ses mains étaient partout; la douce vigilance
De ses yeux clairvoyants guidait partout ses doigts
　　J'entends parfois dans le silence
　　Le clair murmure de sa voix.

Elle ne viendra plus... Je ne dois plus l'attendre
Pour toujours, elle est loin de ma vie, — et pourtant
　　Sans rien croire et sans rien prétendre,
　　En moi quelque chose l'attend.

Complainte

Ce n'est pas toi que je regrette,
C'est le rêve par toi déçu,
Mon cœur jeune et la foi secrète,
Que je gardais à mon insu.

Je ne t'en veux pas ; je devine...
Ton désir vain s'est effeuillé...
Je t'ai faite en moi trop divine,
Je me suis trop agenouillé.

Tu n'étais qu'une pauvre femme...
Je te croyais naïvement
Endormie au fond de ton âme,
Comme la Belle au bois dormant.

Et je me disais que sans doute
Je te réveillerais, un jour,
Neuve comme autrefois et toute
Ressuscitée à mon amour...

Mais c'est en vain que je t'apporte
L'espoir d'un suprême printemps :
La Belle au bois dormant est morte.
Elle avait dormi trop longtemps...

Espoir secret

J'ai rêvé de sonner très tard — comme autrefois
Les voyageurs perdus dans l'épaisseur des bois —
A la porte d'un vieux château muet et sombre
Où seule une fenêtre, encor, veille dans l'ombre,
Tranquille, bienveillante, — aux vitres sans rideaux...
Et, peu à peu, ce poids d'invisibles fardeaux
Que le déclin du jour en notre âme exagère
Ne serait plus en moi que fatigue légère ;
Une vague douceur de promesse et d'espoir
Ferait autour de moi le silence moins noir,
Et bientôt, pas à pas, aux fentes de la porte,
Je verrais s'approcher la lampe qu'on apporte.

Je ne sentirais plus le froid, l'isolement.
Quelque vieux serviteur ouvrirait lentement,
Très digne, mais avec un air de bienvenue :
Sa figure serait, d'avance, un peu connue ;
Il aurait dans les yeux l'accueil sans trahison
Qui fait qu'on se sent bien déja dans la maison,
Et, la lampe à la main, sans que son geste hésite,
Comme si tout le monde attendait ma visite,
Il me précéderait le long du corridor...
Dans la douce lumière aux calmes reflets d'or,
Nous allons : sans rien dire, il m'éclaire la voie ;
Et dans cette demeure où le hasard m'envoie
Je sais déja que rien ne sera décevant.
J'imagine, a la fois gentilhomme et savant,
Mon hôte, comme un grand vieillard a barbe grise,
Avec des yeux très bleus sans trouble et sans surprise.
Une voix lente et grave, un sourire léger,
Dont la bonté rassure au lieu d'interroger.
Et j'imagine aussi, prêt à la reconnaître,
La pièce dont la lampe éclairait la fenêtre,
Tout a l'heure, et veillait dans l'ombre et m'appela...
La porte s'ouvre, j'entre... Oui, c'était bien cela :

Tous les meubles sont bien pareils à mon attente.
La haute cheminée est toute crépitante
D'un bon feu vif et clair qui danse éperdument,
Et la joyeuse flamme alerte du sarment
Anime de lueurs et d'ombres le silence
Où, paisible, un tic tac d'horloge se balance...
Et je reste immobile, un moment, sur le seuil :
Car tout semble désert à mon premier coup d'œil.
Le vieillard aux yeux clairs que je croyais m'attendre
N'est pas là... Seulement, sans voir et sans entendre,
Une femme, là-bas, penche la tête et lit...
Je m'arrête ; en mon cœur, mon destin s'accomplit,
Et tous les souvenirs s'en vont de ma pensée...
Alors elle interrompt la page commencée,
Lève la tête un peu, silencieusement,
Et regarde sans hâte et sans étonnement,
Avec un pur regard confiant et fidèle :
Elle est sûre de moi, comme elle est sûre d'elle...
Sans rien dire, elle vient à moi, me tend la main,
Et je sens que je suis au terme du chemin.

Le Nom

Je ne vous aime plus, vous que j'ai tant aimée...
Hier, distraitement, quelqu'un vous a nommée,
Sans réveiller en moi les souvenirs dormants,
Sans même que mon cœur hâte ses battements,
Sans creuser dans mon âme un sillage de rêve,
Sans laisser dans ma vie une tristesse brève.
Votre nom a passé comme un nom inconnu,
Votre nom qui pour moi, jadis, a contenu
Tout le bonheur d'aimer et tout l'orgueil de vivre!
Je me souviens pourtant... Votre nom? J'étais ivre

Autrefois de l'entendre et de cacher en moi
Tout le grand flot puissant d'allégresse et d'émoi
Que je sentais soudain bondir à la surface...
Votre nom !... Comme tout se dépeuple et s'efface !

Larmes

Une larme, une larme encore...
Du fond de mon cœur anxieux,
Lentement, je vous sens éclore,
O douces larmes, fleurs des yeux !

Vous montez lourdes et pressées,
Et voici que monte avec vous
Tout un flot de choses passées
Au murmure puissant et doux.

Loin, très loin, dans l'ombre j'écoute :
Mes souvenirs sont en chemin ;
L'un poussant l'autre, goutte à goutte
Ils tombent et brûlent ma main.

Coulez toutes, anciennes larmes !
Je vous accueille sans remords,
Derniers regrets, suprêmes charmes
Des bonheurs fragiles — et morts !

Vous êtes tout ce qui persiste
Du rêveur tendre que je fus...
Quittez pour toujours ma chair triste,
Pleurs attardés, soupirs confus !

Survivantes de mes alarmes,
Reliques d'un lointain émoi,
Je sens avec vous, douces larmes,
Tout le passé sortir de moi.

Jour perdu

Il est des jours, parfois, en qui l'on fait tenir
Tous ses rêves épars de tendresse inquiète,
Où l'on est plus crédule aux choses qu'on souhaite...
J'avais trop espéré du jour qui va finir.

Tristement je regarde, au bord de ma fenêtre,
Un reste de clarté qui traîne à l'horizon ;
Mais je sens qu'il fait noir déjà dans la maison,
Et la nuit, peu à peu, m'entoure et me pénètre.

C'est l'heure vide et sombre, au soir d'un jour perdu,
Où je sais que plus rien n'entrera dans ma vie.
Comment distraire enfin mon âme inassouvie
De ce vague bonheur que j'ai trop attendu?

Je voudrais m'endormir sans fièvre et sans pensée,
Fermer les yeux longtemps et m'éteindre à mon tour,
Comme s'éteint le ciel en cette fin de jour,
Sentir ma peine en moi lentement dispersée.

Un besoin d'être heureux s'obstine dans mon cœur
Et me tient éveillé, ce soir, malgré moi-même...
Tout le secret tourment d'aimer sans qu'on vous aime
En ce cœur trop meurtri s'avive de rancœur.

D'anciennes visions montent de ma mémoire :
Je songe que là-bas, dans le calme décor
Du pays méconnu, je pourrais vivre encor,
Sans rêve ambitieux de maîtresse ou de gloire.

Et le désir nouveau me prend d'y revenir,
Pour toujours, au déclin de ma jeunesse lasse,
De reposer mon front, de retrouver ma place
Dans la vieille maison pleine de souvenir.

Mon âme deviendrait comme les autres âmes :
Je ne poursuivrais plus d'impossibles bonheurs ;
J'aimerais les enfants, les livres et les fleurs,
Une femme, sans doute, et non toutes les femmes.

Je ne saurais plus rien des maux que j'ai soufferts...
Seulement, quelquefois, le soir, à ma fenêtre,
En songeant au passé, j'aurais l'orgueil, peut-être,
D'ensevelir en moi la gloire d'un beau vers.

Petite Amie

Le vieux jardin aux murs fleuris de clématite,
Quand je ferme les yeux m'apparaît toujours grand,
Et vous m'apparaissez toujours toute petite,
Le visage éclairé d'un rire espiègle et franc.

Je vous revois toujours dans l'herbe ensoleillée
Où tremblaient, au matin, de lumineux réseaux,
Légère et bondissante, aussitôt réveillée,
Cherchant partout des yeux les fleurs et les oiseaux.

On n'était jamais sûr, à la plus haute branche,
De ne pas voir surgir dans les feuilles, soudain,
Votre figure blonde et votre robe blanche,
Comme une fleur grimpante au milieu du jardin.

Moi, j'étais votre aîné de quelques jours à peine :
Je crois bien qu'à nous deux nous n'avions pas vingt ans.
Vos caprices régnaient sur mon âme incertaine,
Je suivais comme un fou vos désirs inconstants.

Vous saviez ma faiblesse et vous brusquiez sans trêve
Avec des mots railleurs, dont je pleurais parfois,
Mon cœur épris déjà de tendresse et de rêve
Et de sages projets murmurés à mi-voix.

Vous ne vouliez pas voir mes yeux pleins de reproches ;
Mes pas, derrière vous, se hâtaient tristement.
J'aurais aimé des jeux calmes, où l'on est proches,
Où l'on se dit : « Monsieur, madame, » en se nommant.

Dédaignant la poupée et les pâtés de sable,
Vous n'aimiez que les jeux bruyants et garçonniers ;
Vous n'aviez de bonheur que d'être insaisissable,
Et vos gestes boudaient, s'ils étaient prisonniers.

Vous pâlissiez bientôt sur les livres d'études :
Par dela les gros murs sombres de la maison,
Vos rêves pourchassaient toute la multitude
Des insectes cachés dans l'herbe en floraison.

Les lettres, une à une, au long de chaque ligne,
Marchaient en file noire, ainsi que des fourmis :
Des moineaux effrontés venaient vous faire signe :
Vous regardiez de loin les arbres, vos amis.

Vous écoutiez les chiens courir sur la pelouse,
Et vous aviez parfois des larmes dans les yeux,
Et votre petite âme était toute jalouse
De leur course enivrée et de leurs bonds joyeux.

Vous ne compreniez pas qu'à l'heure chaude où vibre
La rumeur de l'été sous le ciel éclatant
On puisse être vivante et ne pas être libre,
Quand tout le grand jardin vous rit et vous attend.

Votre cœur s'irritait, sans comprendre qu'il faille
Sur des mots inconnus tendre ses yeux distraits.
Au lieu de s'en aller, sous un chapeau de paille,
Courir dans le soleil et s'éventer d'air frais ;

Au lieu de se rouler dans l'herbe et dans la mousse,
D'écraser dans ses mains les roses des massifs !...
Et le soir seulement vous étiez grave et douce,
Avec des gestes lents et des regards pensifs.

Vos pas se rapprochaient de la maison amie,
Sitôt que vous sentiez les ombres en chemin ;
Peureuse, tout à coup, dans la clarté blêmie,
Les fleurs que vous teniez vous tombaient de la main.

Vous m'appeliez des yeux ; mon heure était venue :
Docile, près de moi, vous daigniez vous asseoir.
Et ma tendresse enfin, tout le jour méconnue,
Vous était un refuge aux approches du soir.

Alors vous n'étiez plus rieuse ni farouche ;
Vous-même, vous preniez ma main sur mes genoux ;
Des mots presque amoureux montaient a votre bouche
Tandis que le jardin mourait autour de nous...

Inoubliables soirs où, l'âme déjà tendre,
Nous nous sentions unis par le double besoin,
Vous, d'être protégée, et moi, de vous défendre
Contre les sourds bruits noirs qu'on entendait au loin.

Mes bras à votre cou rassuraient votre crainte ;
Vous incliniez la tête et vous fermiez les yeux,
Aimant déja peut-être en cette longue étreinte
Un espoir de bonheur vague et silencieux.

Et peu à peu, serrés bien fort l'un contre l'autre,
Immobiles, muets sous le ciel obscurci,
Nous n'entendions plus rien que mon cœur et le vôtre,
Et nous n'aimions plus rien que de rester ainsi.

TABLE

Paris. — Impr. LEMERRE, 6, rue des Bergers.

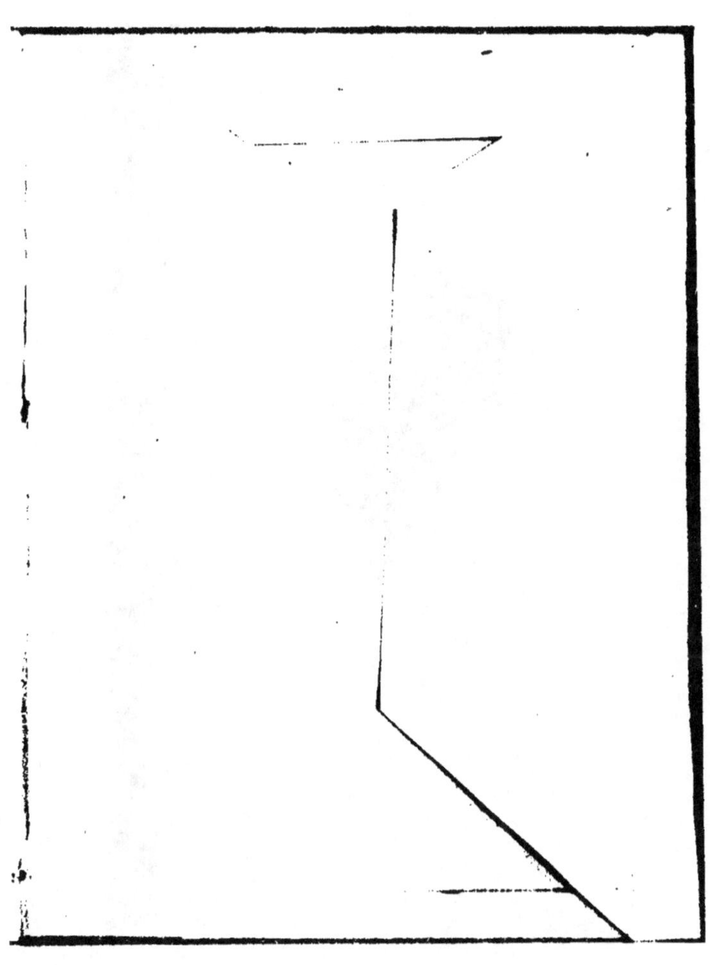